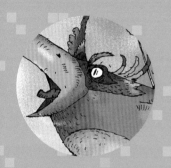

蛟龍、怪鳥和會念經的魚

中國神話故事 ❶

向　陽　著
蔡嘉驊　圖

目錄
CONTENTS

魚骨頭賜福

　　從前有個叫吳洞的人，生了一個女孩名叫葉限。葉限從小就十分伶俐可愛，吳洞和妻子都非常疼愛她。

　　從來吳洞的妻子，也就是葉限的媽媽死了，吳洞又娶了一個太太，剛開始對葉限還算好，等吳洞死了以後，這個後母就露出了她的真面目。常常虐待葉限，每天都要葉限到險峻的山上砍柴，到深僻的溪谷中打水。

　　有一天，葉限到溪谷中打水，抓到一隻二寸多長的魚兒。這隻魚有鮮紅的鰭、金黃的眼珠，長得非常可愛。葉限把牠帶回家裡，瞞著後母，偷偷藏

在一個小罐裡，很珍惜地藏著牠；後來魚兒漸漸長大了，罐子也由小的換成了大的；到最後，罐子都裝不下魚了，葉限就把已經長大的魚放到附近的水池裡。

後母給葉限吃的飯菜並不多，可是葉限還是常常留下一些，偷偷丟到池子裡養那隻魚。魚好像也很感謝她，每次葉限來到水池旁邊，那隻魚都會立刻從水裡冒出頭來，一上一下地看著她。但若是有其他的人靠近，牠就一下子藏進了水裡。

後母看到葉限常常去池子旁邊，一待就待很久，每次回來又都很高興的樣子，心裡又生氣又驚訝。後來知道葉限似乎養了什麼東西在池子裡：

「這孩子真可惡！既然被我知道，管她養的是魚還是龜，我絕不能讓牠活著！」

於是她每天到池子邊去，想等著魚兒出現，但魚卻連閃個身影也不肯。

「這一定是牠看我穿的衣服不像葉限，不肯出來——哼，我偏要抓到牠！」

一天，後母把葉限叫到面前，用很溫柔的聲音向她說：

「每天要妳做一大堆事，一定很讓妳勞累了，而且又穿得這麼髒的樣子。這樣吧，妳換這件新衣服穿穿看！」

說完把那件新衣拿給了葉限，葉限很高興地換上了新衣服後，後母又跟她說：

「今天還要請妳跑一趟，到某個地方的井邊，去汲點水回來哦！」

接著便告訴她那口井的位置，離她們家有幾里

遠呢！但葉限並不知道後母心中藏著壞心眼，便拿著水桶出門去了。

等看不到葉限的身影後，後母立刻穿上葉限剛剛換下來的破衣服，袖子裡藏了一把銳利的刀子，來到池子邊，裝出葉限的聲音叫魚。那隻魚被她身上的衣服騙了，頭剛一浮出水面，立刻被後母抓住，用刀殺死了。後母一看，這隻魚長得又肥又壯，便把牠帶回去煮熟，吃掉了魚肉，把魚骨頭藏在糞堆裡頭。

葉限回到家裡後，再到池邊想看看她的魚，但不管她怎麼叫，都看不到那條魚。

葉限很傷心，跑到野外，邊想邊哭……這時忽然有一個身穿黑衣、頭髮蓬鬆的人，從天上飛了下來，安慰她不要哭。葉限流著淚說：

「可是，我最好的魚朋友不見了……」

那個人這才跟她說：

「魚是妳後母殺掉的，她把魚骨頭藏在糞堆裡。妳趕快回去找出來，放在妳的屋子裡。以後，妳要什麼就跟魚骨頭說，都會實現的。」

葉限回家後照著那個人的話，找出了魚骨頭，將它洗乾淨藏在房間。說也奇怪，從此以後，金子啦、珠寶啦、漂亮的衣服啦——不管什麼，只要她一說，就會立刻出現。

有一次，山裡有個喜慶，後母帶著自己生的女兒去看熱鬧，要葉限留在家裡，看守庭院裡的果

樹。葉限當然不願意，等後母她們走遠，趕快換了一件很漂亮的衣服，穿上一雙金縷鞋，也去看熱鬧。沒想到被後母的女兒看見了，拉了拉她母親的袖子說：

「媽，妳看，那邊有個穿得很漂亮的女孩，不就是姊姊嗎？」

葉限的後母一聽，往自己女兒說的方向看去，果然有個女孩看來很像葉限，但葉限實在不可能有漂亮的衣服好穿，可能是別人吧！後母還半信半疑，葉限也知道自己被看到了，很快地逃回家裡，匆忙間竟把一隻鞋子掉在半路上。

後母也很快趕回家裡，看到葉限還穿那件破衣服，抱著庭園中的果樹在睡覺呢！

「剛剛那位漂亮的女孩，一定是別家的姑娘沒

魚骨頭賜福

14

錯。」後母這麼一想，心裡舒服多了。

而葉限掉在半路上的那隻金縷鞋，卻被撿走了。撿到的人將鞋子賣給了陀汗國的國王，國王將那隻鞋子反覆看了好幾遍，心裡想：

「好漂亮的鞋子！能穿這種鞋子的，也一定是天下少有的美女才對！」

於是便下令，叫出全國的少女，要她們到宮裡試穿，結果沒有一個女孩能穿得下。國王很不高興，把賣那隻鞋子的人找來，責問他：

「你是買來的？偷來的？還是撿來的？趕快從實招來！」

那個人就把他在路旁撿到的事說了一遍，「只要國王能找人拿著鞋子，到那條路上去查對，一定可以找到那個穿得下鞋子的女孩！」

國王立刻找來侍衛，命令他們：

「你們快拿這隻鞋子，到那條路上去，將本來穿著這隻鞋子的少女，給我找來！」

國王的侍衛領了命令，隨即趕到撿到金縷鞋的路上，躲在那兒，等著來找鞋子的少女。

沒過多久，有個少女好像怕被人看到似的，畏畏縮縮地走了過來，就在周圍找東西。她的腳看來很小，國王的侍衛便把她捉了起來，但不知為什麼，又被她逃走了。

侍衛只好回去稟告國王，國王一聽，立刻吩咐他們趕回去，搜查附近每家房子。

侍衛又匆匆趕回那個地方，一家一家搜查，終於在某個房子裡，找到了剛剛逃走的少女——原來她就是葉限。

魚骨頭賜福

侍衛拿出金縷鞋來，要葉限試穿，結果真是不大也不小，非常合穿。侍衛就將葉限帶到國王面前，國王一看到她，竟大叫出聲：

「就是她，就是她，我要找的就是她！」

葉限卻一下子不見了。過了不久，她身上穿著最漂亮的那套衣服，腳上踏著光芒閃爍的金縷鞋，出現在國王面前，看起來更美麗、更高雅，彷彿天上的仙女一般。葉限將自己的過去，向國王說了一遍，便帶著魚骨頭，跟國王一起走了。

後母想不到葉限竟會成為王后，非常嫉妒，心裡也很不是滋味，茫然看著葉限跟著國王離開，沒想到竟被一塊不知從哪兒飛來的石頭打中，當場死掉了。

　　陀汗國王一回到宮中，便娶了葉限做王后，國王靠著魚骨頭的力量，得到了很多珠寶。但由於國王太過貪心，到後來魚骨頭也感到非常討厭，就再也無法求出什麼東西來了。

—— 改寫自《酉陽雜俎》

魚骨頭賜福

蛟龍夢裡
來求救

　　古時候，在中國大陸某個地方，有個黃墩湖，湖邊住有一個名叫程靈銑的人，生來就喜歡功夫武術，尤其擅長射箭。

　　有天晚上，他睡覺時夢見一個道士跑來跟他說：

　　「我也住在黃墩湖上，我們隔壁的呂湖，有隻蛟龍，常來侵犯我，是不是可以請您幫個忙？我一定會好好報答你的……再過幾天，你若在湖上看到腰間綁著白色布條的就是我。」道士說完話，就不見了。

　　其實變成道士在程靈銑夢裡現身的，就是黃墩

湖中的蛟龍，早就和呂湖的蛟龍相互纏鬥。由於牠的力量較弱，眼看著就要輸了，所以才找程靈銑幫忙。

程靈銑當然不知道這樣的事，從夢裡驚醒過來後，很納悶地想著：

「這個夢可真奇怪。那個道士是誰呢？他說的到底又是怎麼一回事啊？

「如果我真要幫忙的話，不知道他長得什麼樣子也不行啊！還是找個時間，到湖上去看看吧！」

過了幾天以後，程靈銑就找了附近的年輕小夥

子，帶著鑼鼓，到湖上去了一趟。那些小夥子很感興趣地跟著他走，一邊敲鑼打鼓，好不熱鬧地來到湖邊。

他們剛站定沒多久，湖面忽然晃動起來了，接著立刻湧起了一大片浪花，那些浪花互相擠撞，發出了像打雷一樣尖銳的嘯聲。

大家正感到訝異的當兒，湖中冒出兩頭牛，互相在纏鬥、打架。剛開始，雙方勢均力敵，誰也不輸給誰，惹得在湖上觀看的小夥子大喊精彩，敲鑼打鼓地為牠們加油助陣。

程靈銑手裡抓著弓箭，很驚奇地也看著這兩頭怪牛在水裡打架。過了很久以後，其中一頭牛看來漸漸沒有力量了，似乎就要敗北被殺。

這時，程靈銑卻看到那頭牛的腹部，像綁著白

布條一樣地雪白，他忽然想到了前些日子的晚上所做的怪夢：

「呀！原來夢裡出現的道士就是牠啊。另外一頭牛，一定是呂湖的蛟龍化身的……」

「我既然已答應了牠，就不能失信！」

想定了以後，程靈銑立刻拉開手中的弓箭，要那些小夥子停止敲鑼打鼓，趕緊瞄準那頭快要得勝的牛，一箭射了出去。

「咻！」的一聲，在大家的屏息注目中，箭已不偏不倚地射中了那頭呂湖蛟龍化身的牛。接著，兩頭牛都同時從水面上沉了下去。很快地，周圍的湖水就湧成了一片血紅。

被程靈銑射中的那頭牛，在湖底下變回蛟龍的樣子，帶著傷竄出了黃墩湖，想逃回自家的呂湖

去。但由於程靈銑力量用得很強，牠的傷勢太重，還沒回到呂湖，就在半路上的江中死掉了。

那頭被程靈銑所救的牛——原來是黃墩湖中的蛟龍，也就是託夢的道士。很感謝程靈銑在危難時救牠一命，幫牠解除了「強鄰壓境」的痛苦，就送給了程靈銑一顆能在晚上發光的「夜明珠」，讓他放在家裡做紀念品。

—— 改寫自《太平廣記》

馬頭娘

　　很久以前，有一對父女住在鄉下，兩人相依為命。白天父親出外打獵，女兒在家裡做些針線和灑掃的家務事，夜裡父女倆講古說笑，日子過得雖然平淡，卻也十分充實、愉快！

　　沒想到忽然發生了戰亂，父親被徵召到離家很遠的地方當兵，過了很久都沒能回來。

　　留在家裡的女兒，整天盼啊望的，每個月想念著自己的父親，就是一直得不到父親的消息，心裡當然非常難過；加上家裡只剩下自己一個人跟父親留下的一匹馬。沒有人可以聊天說話，也就更覺得寂寞了！

好在那匹馬似乎有點通人性，看到這女孩悶悶不樂，便會長嘶一聲，好像是在安慰女孩不要悲傷一樣。有時候，女孩出外散心，也帶著那匹馬出去；心裡有話時，也不管馬兒聽不聽得懂，劈哩叭啦就說了一大堆。奇怪的是，那匹馬每當女孩說話時，竟也會偏著頭，彷彿傾聽著一樣，有時還點點頭，長嘶幾聲呢！

這樣又過了很久，女孩和馬之間，竟然建起了「友情」，形影不離的，女孩的悲傷和寂寞總算沖淡了一些。

然而儘管這樣，女孩內心深處畢竟還是想念著父親。有一天晚上，女孩餵草給那匹馬吃，忽然想起了遠在外地打仗的父親，不知是否平安，心裡又難過了起來；那匹馬似乎也發現了，嘶叫了好幾

馬頭娘

聲，才把女孩叫醒了過來。

女孩看看馬，搖搖頭，低著頭又想了一想，忽然提起勇氣，向那匹馬說：

「你要曉得我在想些什麼是嗎？告訴你也沒什麼用的，要是你能幫我去找父親，並把他送回來，那多好啊！──如果你真能這樣做，我就嫁給你……」

話還沒說完，那匹馬忽然踢起前腿，高聲嘶叫著，隨即掙脫了韁繩，從馬廄中飛奔而去，轉眼不見了蹤影。等女孩追出門來，已不曉得那匹馬跑到哪兒去了！

原來那匹馬竟真的跑去找女孩的父親了呢！牠從南向北，跑到高山、原野，涉過小溪、河谷，最後找到了女孩的父親的軍營裡。

女孩的父親正閒著沒事幹，在那兒發呆，想著自己的女兒，突然看到家裡的馬跑了出來，嚇了一大跳。看那馬全身灰塵，又愛又憐地罵了牠一句：「畜牲，誰叫你跑出來的？」轉而一想，心裡又覺得奇怪：「難道家裡出了什麼事嗎？」

　　這一想倒也急起來了，顧不得其他，立刻就跨上馬背，加速趕回家去了。

　　那匹馬又疲倦又高興，一路加快步伐，載著女孩的父親向南飛奔，沒幾天，就回到鄉下的老家。

　　女孩站在門前，看到那匹馬載著自己朝思暮想的父親回來，一則以喜，一則以悲。喜的是跟父親久別又

馬頭娘

可重逢了，悲呢？悲的是自己隨口說出的話必須實踐——但如果真的去做，就要成為馬的太太，實在很不甘心哪！

一邊想著，一邊勉強出門去迎接父親。做父親的看到女兒臉色沉沉的，感到奇怪：

「怎麼了？這是迎接爸爸的態度嗎？」

那匹馬經過長途跋涉，原來還踢踢踏踏的，看到女孩的神情，忽然垂下了頭，自顧走回馬廄裡去了。

做父親的看自己的女兒仍是一臉難過的樣子：「這，到底怎麼回事？難道爸爸回來妳不高興嗎？」

「不，不是的，爸！」女孩咬了咬牙，就把她跟那匹馬約定的事兒原原本本說了一遍。

　　女孩的父親聽了，勃然大怒：「荒唐！真是荒唐，怎麼會有這種約定呢？」想了又想，最後只好做了決定：「既然妳有約定，卻又不想嫁給那匹馬，那麼，我就把馬殺掉好了。」

　　馬當然想不到自己千辛萬苦卻換來被殺的命運——肉被吃掉了，皮被剝了下來，曝曬在庭院中。

　　一天，做父親的有事出去，那個女孩閒著無事，來到庭院裡，看到馬皮，越想越氣，就把腳尖踏在馬皮上，幸災樂禍地說：

　　「你只不過是個畜牲，卻不知臉長，想要我嫁給你，現在可好，肉被吃了，皮被剝了，總算嘗到我的厲害了吧！」

　　誰知道女孩剛把話說完，那張馬皮竟然顫動了起來。女孩正感到訝異，一眨眼卻已被飛撲而來的

馬皮給包住，飛出了庭院。

　　過了不久，做父親的回到家裡，發現女兒不見了，連馬皮也不在了，大吃一驚，便四處去找尋女孩。

　　他喊啊喊的，找啊找的，最後才在房外一棵大樹的樹枝看到那張馬皮。等走近細瞧，女兒的身體竟然變成一隻隻蠕蠕而動的小蟲。

　　據說這些小蟲後來被稱為「馬頭娘」，也就是我們現在所說的「蠶」；而那棵掛著馬皮的樹就是桑樹。

　　　　　　　　　—— 改寫自《中華古今注》

馬頭娘

大烏龜和
老桑樹

　　在三國時代，吳國的東陽郡（即現在的浙江省金華縣），有個樵夫常到山裡砍柴。有一天他進山砍柴，路走得遠了些，回家時太陽已快下山了，忽然看到前面不遠的山腰裡，有一隻大烏龜在那兒探頭縮腦的，一見他來趕緊把頭縮進了殼裡。

　　樵夫立刻趕上前去，一看嚇了一跳，那烏龜長得真大！光是殼兒就有一尺半（約四十五公分）的直徑，殼上還閃著亮光，圖紋也跟一般烏龜不一樣。

　　「這隻大烏龜一定很珍奇，把牠抓回去吧！」樵夫心裡這樣打算著，便把那隻大烏龜往籮筐裡一

放，擔著走下山來。

這時太陽已下山了，月亮正從樵夫走出的山頭上亮出臉來。樵夫一邊趕著路，一邊卻感到肩上的籮筐似乎愈來愈重，他停了下來，想了想：一定是那隻大烏龜作怪，想放牠走可捨不得；想再挑一段路，又實在受不了。只好把山上砍來的木柴拿了出來，這才輕了一些，繼續趕路。

然而終究是沒法趕回到家裡，樵夫不得已，只好投宿在河邊的一棟廢屋裡。

樵夫剛闔上眼，正要睡著，忽然聽見不知打哪兒傳來「龜公！龜公！」的叫聲，樵夫趕緊睜開眼睛，看了看周圍。除了銀白的月光把屋外的大地照得像是抹了一層寒霜以外，一切是靜悄悄的。

樵夫覺得奇怪，揉了揉惺忪的睡眼，乾脆爬了

起來，走到屋外探看了一番，也沒有看到人影。屋外寂靜得很呢，除了他的腳步聲；而大地上不見其他的樹木或建築，除了一株老桑樹，定定地站在柔和的月光下。

「難道剛剛的聲音，是那棵老桑樹發出來的嗎？」樵夫當然很難相信，但除了桑樹以外，他實在看不到其他可能出聲的事物了。於是樵夫便躲到廢屋的牆角下，靜靜地等著聽剛剛的聲音是從哪兒發出來的。

樵夫等了好久，月亮已經走到了中天，忽然間傳來有人講話的聲音——

「龜公龜公，你恐怕死定了。」樵夫傾耳仔細一聽，這聲音竟然真是從那棵老桑樹身上發出來的！

「哼！才不會呢！要殺死我可不容易哦！除非
──」這聲音當然是樵夫抓來的那隻大烏龜了：
「除非他們人類用你這棵老桑樹當柴火，來烹我
煮我，否則我是死不了的！你不先死，我哪可能死
呢？哈哈哈哈！」

桑樹一聽，似乎動了一下，又說：「不，不，
你別高興得太早！你難道沒聽說過你們有個叫諸
葛恪的人嗎？他有學問得
很呢！」停了一停，桑樹
又說：「照你龜公的話來
看，可能我們的命都不長
了，我沒有腳跑不開，你
能溜的，為什麼不趁夜溜了
呢？」

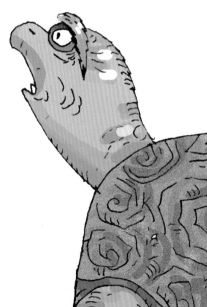

　　樵夫一聽，這還得了，趕緊跑回廢屋裡，查看他的籮筐。還好，那隻大烏龜還在，只不過似乎是牠剛剛伸過頭，又連忙縮了回去的樣子，身子還晃動著呢！

　　第二天一大早，樵夫便立刻趕到吳王的宮中，把那隻大烏龜獻給了吳王。吳王一看，高興得很，立刻賞了樵夫很多黃金，樵夫也高高興興地回去了。

　　吳王隨即吩咐侍衛，把烏龜煮來進補。誰知道他的侍衛忙上忙下，煮了三天三夜，那大烏龜只是把頭手縮在殼裡，好端端地絲毫也沒有受損！

　　吳王生氣得很，立刻召來樵夫，質問他：「你竟敢欺騙我，這隻烏龜是從哪兒抓來的，我煮了牠三天三夜，

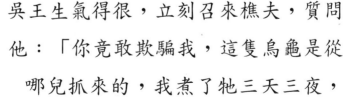

竟然好好的？」樵夫一聽，嚇了一跳，趕緊把那夜
大烏龜和老桑樹講的話轉述了一遍。吳王這才不再
生氣，把他放走了。

　　放走樵夫後，吳王立刻又找博學有名的諸葛恪
來，也不說明，直接就問他：

「我煮一隻大烏龜，煮了三天三夜，還是沒有死掉，你知道這是為什麼嗎？」

諸葛恪到廚房去看了一下那隻大烏龜，點了點頭，向吳王說：「這隻大烏龜已經活了一千年，有了精靈，你只用普通的木柴燒牠，當然不可能死得了！」

「那麼，請你告訴我該怎麼辦，才能把這隻大烏龜煮熟呢？」吳王又問。

「這樣吧！您派人到河邊去，那邊有一棵老桑樹，把它砍來當柴燒，一定可以把這隻大烏龜煮熟的。」諸葛恪回答。

吳王一聽，這話跟樵夫所說的完全相符，又驚奇、又高興，立刻就派侍衛到河邊去，找那棵老桑樹。

侍衛趕到河邊的時候，卻發現原本站在河邊草原上的老桑樹竟然倒了下來，根鬚完整，好像是它自己掙扎著脫出泥土似的。侍衛覺得十分奇怪，卻也因此省了砍樹的工夫而高興得很，趕忙就把那棵老桑樹拖回宮中，砍成柴火，拿來煮隻那隻大烏龜。

　　果然，原來煮了三天三夜仍毫毛未損的大烏龜，在桑樹的柴火下，沒有多久就被煮熟了。

—— 改寫自《述異記》

大戰
十八姨

很久以前，有個名叫崔玄微的道士，他的道術十分高深，每天都要服用靈草（也叫靈芝，古時候的人認為它是仙草，又叫不死藥，其實是一種迷信）。

有一天靈草用光了，崔玄微便帶著他的童子到嵩山（在河南省登封縣北方，是中國五嶽的「中嶽」）的山裡摘靈草。由於靈草並不好找，他們整整花了一年的時間，才從山裡回來。

回到住的地方，只見得屋子四周長滿了比人還高的野草，茫茫一片，看來非常荒涼。崔玄微趕緊跟他的童子拿著刀子和鋤頭砍起草來；忙了一整

天，等整理得差不多的時候，已是晚上，和風輕輕
吹著，月光柔和地灑滿了屋前的庭園。

　　崔玄微經過長途跋涉，加上一整天的勞累，一
進房子裡，躺下來就睡著了。

　　好像是過了三更後不久吧，崔玄微在睡夢中被
推醒了，睜眼一看，不知從哪兒來一個穿青色衣裳
的女人，鞠了個躬，笑著跟他說：

　　「我有好幾個姊妹跟『十八姨』有約，今晚是
不是可以借用你這個地方呢？」

　　崔玄微在朦朦朧朧中答應了她。不久，進來了
十幾個女人，每個人穿的衣服顏色都不相同。一番
介紹，倒把崔玄微搞糊塗了；他只記得穿綠色衣裳
的女人姓楊，穿著紅色衣服的名叫阿措。

　　每個女的嗓門似乎都不小，嘰嘰喳喳地，一下

大戰十八姨

子就讓崔玄微的房間熱鬧起來了。崔玄微從來沒有遇過這種場面，一時也不知如何是好，只好坐在牆角閉目養神。

又過了一會兒，庭院外忽然颳進一陣風來，隨即傳來一個女人的叫聲：「啊！這是個好地方嘛！」

「十八姨來了！」「趕快去迎接吧！」十幾個女人興奮地叫著，高興地跑到庭園中去迎接那個叫「十八姨」的女人。十八姨一進門內，整棟屋子裡便好像洋溢著一股風一般，沒多久又緊接著飄散著芬芳的花香。

她們一坐定，又是一番笑鬧，倒把坐在牆角的崔玄微給忘了似的。有人去熱了點酒，煮了些小菜，吃吃喝喝，也有人唱歌有人跳舞，好不得意！

十八姨被圍在中間，一會兒喝酒，一會吃菜，大家正鬧得高興，忽然不知誰不小心，碰到十八姨的手，剛好就把十八姨手中的酒給濺了出來，酒滴沾污了那個叫阿措的緋紅衣服……

不巧阿措是個火氣很大的女人，立刻就生氣了；她脹紅著臉，也不問原由，劈頭就對著十八姨大罵：「妳算什麼？喝酒喝得這麼不量力，妳瞎了眼睛啊？——我告訴妳，別人怕妳十八姨，我可不怕，妳當心點……」

十八姨莫名其妙被阿措罵了一頓，臉色一變，正想發作，看看坐在牆角的崔玄微，不知為什麼忍住了。氣沖沖地站起來，就踏出了門外，向南邊去了。

其他的人看著十八姨離開，臉上都露出了驚嚇

大戰十八姨

的神色，互相看了看，搖搖頭，向崔玄微默默行個禮，也相繼都散了。

崔玄微搞不懂怎麼回事，但他知道這些女的一定都不是平常的人，只是的確太累了，又跟著睡著了。

誰知到了第二天晚上，那群女人又跟著阿措來向崔玄微借房子。她們先是嘰嘰喳喳地討論，聲音很小，但好像是針對昨晚的事互相在商討對策。

討論了一陣子，似乎沒什麼結果，每個人的臉上又露出了昨天離去時的表情，其中姓楊的女人忽然提高了聲音說：「那怎麼辦？難道以後還是要去十八姨那兒，向她道歉，請她仍舊保護我們嗎？」

「不行！」阿措立刻反對：「十八姨已不能再依賴她了……我們乾脆請主人幫忙，妳們看怎麼

樣？」

所有的女人一聽，眼裡都漾著希望，她們看看坐在牆角的崔玄微，每個人都點了頭。

於是阿措就走向崔玄微，向他請求，說：

「主人，我們不是別人，就是住在你庭園裡的花草，每年都要跟西北風大戰一番，過去一直是靠十八姨幫忙的，但是昨天晚上我卻得罪她了，今年沒有人保護，恐怕要受盡折磨了——是不是可以請您幫個忙呢？」

阿措一口氣說完，崔玄微倒嚇了一跳，但又不想多問，便很平淡地說：「但，我什麼力量也沒啊！」

「不，我們對主人您的要求不大。只求您每年張起一面幡旗，上面畫日月星辰，插在花園東邊，

這樣就可以使我們免受狂風摧殘了。」

阿措又是連珠帶砲地說。

「要是這樣，倒很簡單，我答應就是了。」

那些女人一聽崔玄微這麼說，高興得不得了，趕快齊聲向他道謝，然後默默地行禮告別，崔玄微也站起來還禮。看著這些女人走出門外，月光下，通過庭院，走向花園──一眨眼，那些女人的身影就都不見了，月光還是一樣灑在庭院中。

過了幾天，崔玄微便依照阿措說的，做了一面幡旗，將旗子高掛在花園東邊。有一天午後崔玄微剛吃過飯，忽然天色一變，颳起了強烈的西北風。只見沙土滿天飛舞，把樹木也折斷了，怪的是他庭院中的花草依然完好，一點也沒受到傷害。

看到這種情況，崔玄微這才恍然大悟，不禁微

笑著自言自語：「現在可都知道了，原來那些女人都是我庭院中的花草呢！穿緋紅衣服叫阿措的，一定是那棵榴花沒錯；而被她惹火了的十八姨，想必就是管理各種風的風神吧！」

兩三個晚上後，那些女人又來找崔玄微，除了向他道謝外，還送了一瓶花汁，並說：「您只要把這些花汁喝下，就不用再千辛萬苦去找靈草了。」

崔玄微從此果然一直都像年輕人一樣健康、愉快。

—— 改寫自《酉陽雜俎》

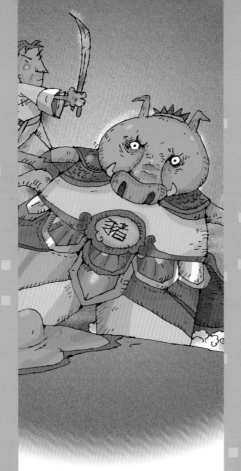

怪豬將軍

　　在我國唐朝玄宗開元年間（西元七一三～七四一年），有個名叫郭元振的人，有一次他從晉（現山西省臨汾縣）到汾（現山西省汾陽縣）去旅行，結果在趕夜路時迷了路，不管他怎麼走，也碰不上一個人影，他心裡著急得很：「糟糕，迷了路，又連個休息的地方也找不到，這怎麼辦好？」

　　正當他焦急不安的時候，忽然不知從哪兒傳來一陣陣啜泣的聲音。郭元振感到非常驚訝，荒郊野地傳來哭聲，總是有點莫名其妙的；卻也覺得欣慰，畢竟有人聲就表示有了住宿的地方——於是他便加快腳步，循著哭聲走去，終於看到了一棟屋

子，閃著微弱的火光，哭聲時高時低，火光也忽強忽弱地閃爍著。

郭元振壯起膽子，走進屋裡，發現裡面坐著一個很漂亮的小姑娘，正瑟瑟縮縮地哭著。

「請問這位姑娘，妳到底是人呢？還是鬼啊？」郭元振大聲地問那位姑娘。

小姑娘聽到人聲，先是嚇了一跳，等看清楚是個外地的旅客後，才幽幽地回答說：「我怎麼不是人呢！」

「既然是人，為什麼這麼晚了，妳還不回家去，卻在這樣荒涼的地方，一個人哭著？」

「先生您可能是外地來的吧？事情是這樣的：我們這裡有個叫『烏喙將軍』的神，聽說能賜福給人，也能降禍給人。鄉裡面為了安撫牠，祈求牠年

年賜福，每年都要選個美女嫁給牠。我家裡由於貪圖一點利益，糊里糊塗答應了鄉人，把我灌醉了，帶來這個屋子——等一下烏喙將軍就要來了，我卻毫無辦法，越想越傷心，禁不住才哭起來的……」那個小姑娘斷斷續續地回答著。

郭元振一向不信邪，聽了小姑娘的話，非常生氣地說：「什麼烏喙將軍？簡直是胡說八道！好，妳放心，我來幫妳忙——對了，那個傢伙，大概什麼時候會來？」

小姑娘紅腫著眼睛，小聲地說：「今晚二更時候。」

郭元振聽了，就躲到陰暗的地方，等到二更時候，果然看到一個長得豬頭豬腦的傢伙，大搖大擺地從屋外走了進來，等牠就要走到小姑娘面前時，

郭元振突然從暗處跳出，拔刀砍斷那個所謂「烏喙
將軍」的手臂。

烏喙將軍被突如其來的一刀嚇得魂不附體，砍
得痛聲哀嚎，倉倉皇皇逃走了。

等天色明亮後，郭元振仔細一瞧，才發現夜裡
砍下的哪裡是什麼將軍的手臂？而是一隻豬腳，
郭元振這才恍然大悟：「什麼烏喙將軍？原來竟
是個老豬精，可惡的畜
牲！」

於是，他立刻帶
著那個無辜

的小姑娘，趕回莊子裡，召集了鄉人，把昨晚發生的事，一五一十說了一遍。又怕大家不肯相信，拿出那隻豬腳給鄉人過目，然後說：「各位總該了解了吧！讓我們立刻就去把這隻怪豬找出來，免得牠繼續危害鄉里！」

鄉人聽郭元振這樣一說，才曉得過去被愚弄，都非常生氣，便各自回去拿弓箭刀子，順著昨夜那隻怪豬留下的血跡，一路找過去；最後來到一座古墓中，看到缺了一隻前腳的大豬，還在流著血呢！

那隻怪豬發現一大群人圍著牠，似乎也曉得自己的形跡敗露了，翻個身就往前奔竄，鄉人在郭元振的率領下緊追不捨，終於把妄稱將軍的怪豬殺掉了。

—— 改寫自《幽怪錄》

海螺中的
美女

　　從前有個叫謝端的年輕人，從小沒了父母親，自己一個人住靠海的一間破木屋裡，每天捕魚為生，日子過得很清苦。

　　有一天，他在海邊抓魚，忽然撿到了一顆大海螺。由於樣子很特別，謝端便很寶貴地把牠拿回家，放在甕裡，裝滿了水，每餐還特地去找海草餵養這隻大海螺。

　　經過一段日子後，某天傍晚，他從海邊回來，一進門竟發覺家裡整個變了——桌椅門窗收拾得乾乾淨淨，灶裡還燒著柴火，鍋中盛著米飯，好像有人偷偷跑到他的屋裡煮飯呢！

「這到底是怎麼回事呢？除了我，還有誰會來幫我做飯，料理家事？這太奇怪了。好，下次我一定要注意看看。」

這樣決定後，謝端便自己把飯菜弄好，過了一個愉快但是又驚訝的晚上。

第二天一早，謝端照常出門到海邊抓魚——很奇怪的是這一天魚也特別好抓，他撒了網不久，就游進一大堆魚來——謝端心裡當然很高興，想再多抓一些，可是想到昨天才發生的怪事，還是收了魚網；不到太陽落海，就偷偷回家，躲在屋子外邊，注意室內的動靜。

　　一會兒工夫，忽然從牆角的甕裡出現了一個非常漂亮的年輕女孩。

　　「啊！怎會跑出少女來呢？甕裡面明明養的是上次海邊撿回來的大海螺……」謝端差點叫了出來，還好他隨即冷靜下來，繼續觀察那個少女到底做些什麼事。

　　那個少女從甕裡走出來，將室內清掃得乾乾淨淨，然後開始煮飯炒菜。沒多久，香噴噴的飯菜便全部擺上桌了。少女這時正想轉身──謝端已經跑進屋裡，向吃了一驚的她問道：

　　「妳到底是誰？為什麼會從甕裡跑出來？為什

麼要幫我做飯做菜？」

　　少女先是一驚，然後笑了出來，說：

　　「我是天河中的白河素女，玉皇大帝看你雖獨身、貧窮，卻仍能奮鬥不懈，非常感動，所以派我下來服侍你。」

　　　　　　「那妳怎麼會從甕裡出來呢？」謝端又問。

　　　　　　「那隻大海螺就是我變的，這段日子裡你對我非常照顧，可見玉皇大帝並沒有看錯人。」

　　　　　　謝端聽少女這麼一說，這才了解，心裡又不好意思，又高

興，便跟少女要求：

「哪裡——我是不是，可以請妳就永遠留在這裡，好嗎？房子雖然簡陋⋯⋯」

少女沒等謝端說完，搖了搖頭說：

「這樣不好，畢竟我跟你不一樣，而且我也該回天上去了。但如果你不介意，以後我還是會常常來你這兒——這裡還有一些米，雖然不多，但不管你怎麼吃，都絕對吃不完。希望你繼續奮鬥，不怕吃苦，一定能夠出人頭地的。」

聽少女說完這些話，謝端還想勸她，忽然間風雨大作，轉眼那個少女就不見了。

—— 改寫自《搜神記》

替人添歲
的星星

　　很久以前，有個名叫管輅的老公公，精通各種法術；他不僅熟知天文地理，也能預先算出來可能發生的事情。

　　有一天，他經過南陽（位於現在的河南省）的郊外，看到田裡有位年輕人正在割草。他一邊看著，一邊忽然搖了搖頭，嘆了一口氣，從那年輕人身旁走過去。

　　年輕人聽到有人嘆氣，抬起頭來一看，原來是個老公公，很驚訝地高聲問道：

　　「老公公，你為什麼嘆氣呢？是不是有什麼心事啊？」

管輅也不回答，回過頭來再看一看年輕人的臉龐，問他姓名，那年輕人很恭順地回答說：

　　「我姓趙，名叫顏。」

　　管輅微微點個頭，想了一會兒才說：

　　「說老實話，小夥子，你今年大概不到二十歲吧？可惜你卻活不過二十歲！我剛剛看你在田裡工作，心裡不忍，才嘆了這口氣。」

　　趙顏聽了老公公講的話，心裡一驚，臉色大變，慌得不得了，立刻跪在管輅面前，向他哀求：

　　「這是真的嗎？這太可怕了！請老公公您救我一命吧！」

　　「小夥子，你錯了，我的確難過，但人的壽命長短都是上天的意思，我也沒辦法幫你忙啊。」管輅說完，搖了搖頭就走了。

　　趙顏眼看老公公甩也不甩他，又心想自己會夭折而死，害怕得哭了出來，放下田裡的事不幹，立刻就趕回家裡，向他父親說了這件事。他父親一聽，更是震驚：

　　「這還得了？你趕快帶我去找那位老人家，請他無論如何，幫我們想辦法。」

　　說完立刻帶著趙顏，牽出了馬，騎著去追管輅，他們跑得很快，但由於時間蹉跎了不少，大概跑了十里多的路，才追上管輅。

　　他們父子一看到管輅

立刻下馬，在他面前跪了下來，請求他指引趙顏一條生路。

他們說了很多，求了很久，管輅看著這對父子，也考慮了很長的一段時間，最後還是答應：

「這樣吧！你們父子請站起來，先回家去，準備一樽清酒、一斤鹿肉，我會在卯日（古時候日曆記法）去找你們，到時候再告訴你們怎麼辦吧！」

父子倆萬分高興，謝了管輅後，立刻就回家，照他的話把清酒和鹿肉準備妥當，等著管輅來指引生路。

到了約定的日子，管輅果然來了，他笑著跟趙顏說：

「你有救了，不用擔心，照我的話做就好了，但你可要仔細聽著哦！

「那天你不是在田裡割草嗎？你割草的右邊不是有棵大桑樹嗎？現在，桑樹下有兩個人在下棋。待會兒你就帶著酒和肉過去，站在他們身邊，不要說話。

「你把酒斟在杯子裡，把肉放在盤子內，然後他們兩人會喝酒吃肉，下他們的棋。杯中沒有酒了，你要立刻斟滿；盤子裡沒有肉了，你也要立刻添滿。

「如果他們之間有人注意到你，你不要害怕，照做你該做的事；如果他們之間有人向你問話，你絕不能開口回答！」

趙顏聽了管輅的話，立刻帶著酒和鹿肉，走到田裡去，果然看到兩個人在大桑樹下下棋。趙顏很小心地走到他們身邊，悄悄地擺上了鹿肉，斟了兩

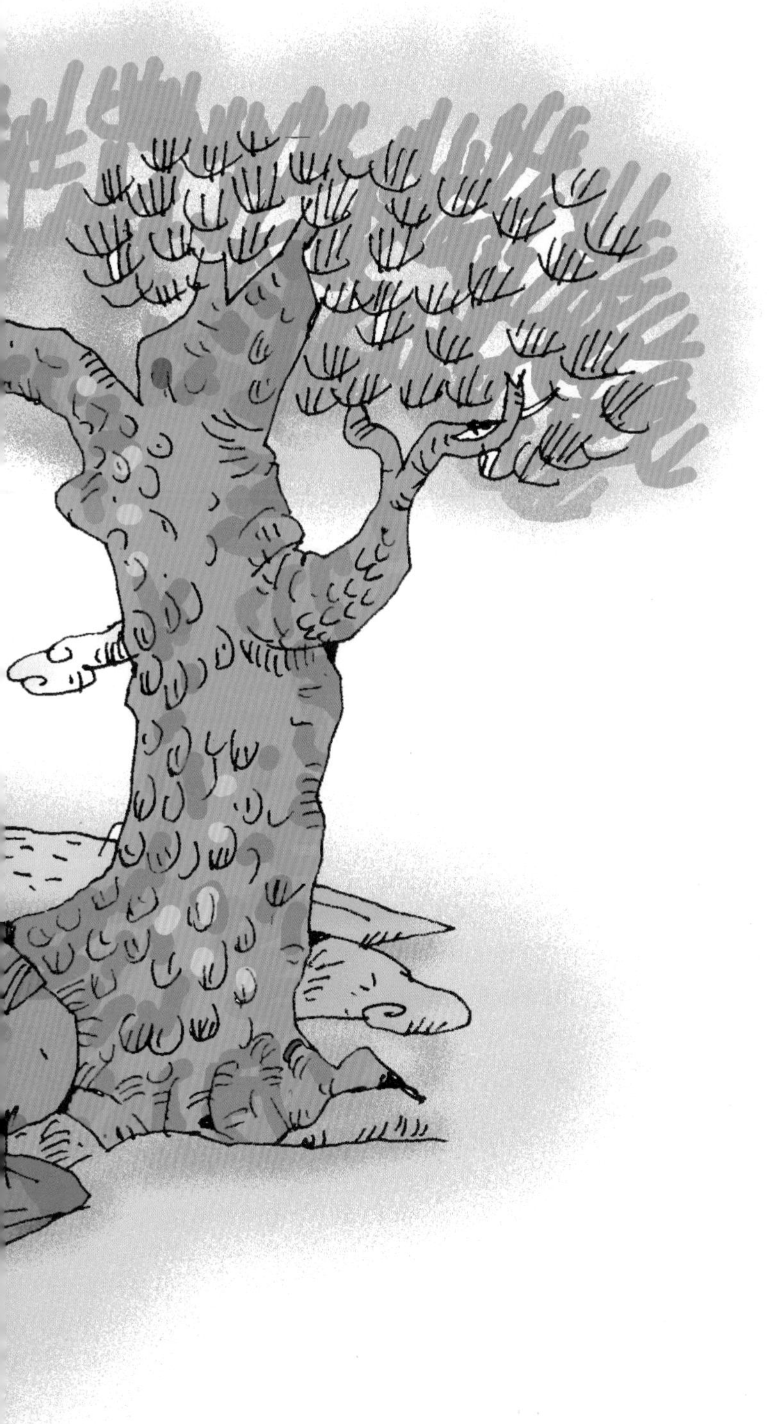

杯酒……

那兩個人好像下得非常興高采烈，趙顏來到他們身旁，趙顏為他們放置酒餚，都渾然不覺。他們只知道身邊有酒有肉，誰帶來的似乎都不感到奇怪。他們一手下著棋子，嘴裡嚼著鹿肉，喝著杯中的酒；趙顏也只是默默地為他們斟酒盛肉。

不知斟了幾次酒、盛了多少肉，那兩個人才下完一局棋。他們兩人抬起頭來，總算看到身旁站著的趙顏。坐在北邊的那位立刻站起來，很大聲地問道：

「你是誰？為什麼來這裡？」

　　趙顏正要開口，忽然想到管輅的話，立刻緊閉
著嘴，只是很有禮貌地行了一個禮，什麼話也沒有
回答。

　　坐在北邊的那個人又大聲地問了幾聲，趙顏每
次都是用鞠躬來回答他。

　　最後，坐在南邊的人，向北邊的人說了：

　　「老哥，我們既然喝了他的酒，吃了他的肉，
總不好意思不幫他的忙，他既然誠心誠意，
雖不答話，我看也不要逼他
了。」

　　北邊的那個人聽了這
話，有些為難地說：

　　「可是啊，老
弟，這個小夥子

的命狀上已經定了歲數，也不好改變啊！」

「這樣嗎？請你把命狀借給我看看吧！」

南邊的那個人說著，便接過北邊那個人手中的「命狀」，叭啦叭啦地翻著，找到了登記著「趙顏」的地方，瞄了一下──

在命狀上，趙顏的名字底下寫著「十九歲」。

那個人一看，很輕鬆地說：「這還不簡單，動一下不就得了！」便拿起朱筆來，將「十九」改成了「九十」。

趙顏看了，覺得很奇怪，那個人笑著看看他，拍了拍他的肩膀說：

「小夥子，不懂是吧？沒關係。現在你可以長壽到老了，這麼一改，你就可以活到九十歲呢。回去吧！」

　　趙顏也沒有露出高興的樣子，還是向那兩個人很恭敬地行了一個禮，然後飛快地趕回家裡去。

　　在他家裡等著的管輅看到他回來，說：

　　「還好，你可以放心了吧？」

　　趙顏心裡還是覺得很怪異，就問管輅說：

　　「老公公，只是到現我還不知道，那兩個人到底是誰呢？」

　　管輅笑了一笑，很慈祥地說：

　　「那兩個人啊，你每天晚上抬起頭來都可以看得到呢！」

　　「坐在北邊的那位，就是天上的北斗星，南邊的這位就是南斗星。北斗星是注明我們人的死期的，南斗星呢，則注明我們的生辰。」

—— 改寫自《搜神記》

山中度過
二百年

　　漢朝的時候，在剡縣（今浙江省嵊縣西南）這個地方，有個人名叫劉晨，他在後漢明帝永平年間（約自西元五十八～七十四年），也就是距現在一千九百多年前，跟他的朋友阮肇一起到天臺山上摘藥草，結果越走越深，最後迷了路。

　　他們倆又著急又緊張，團團轉的走了十三天，把隨身攜帶的乾糧都吃光了，還是找不到下山的路；肚子又餓，嘴巴又渴，不得已只好摘山上野生的桃子來果腹，喝溪澗中的水來止渴。

　　有一天中午，他們又蹲在溪邊喝水，忽然看到從上游漂下來一口杯子，他們很訝異地把杯子撈了

上來，裡面竟然盛著拌著胡麻的飯。兩人高興得很，立刻就各分了一半，匆匆忙忙地把飯吃掉了。

吃完了飯以後，劉晨心裡一想，就說：

「這飯來得很奇怪，是不是上面住有人家呢？」

「是啊！我們不妨沿著這條溪流，上去找找看吧？或許有人可以告訴我們怎麼離開這裡呢！」阮肇也很贊成。

於是他們兩個便加快了步伐，沿著那條溪流拚命地走，他們越過了一座高山，才走到那條溪流的源頭，正想再

走向前去，卻看到源頭附近站著兩個少女，仔細地看了看他們兩人，互相笑了笑，向他們開口說：

「你們兩個人是劉晨和阮肇吧？是不是看到了杯子才上來的啊？」

他們一聽，大吃一驚。這麼深的山裡面，怎麼會碰上這兩個從來不曾見過的美女？更何況她們竟知道自己的名字呢！

那兩個少女似乎也知道他們想些什麼，又笑了一笑，緊接著說：

「你們不用害怕，我們已在這裡等很久了，我們是來幫你們躲避災難的──以後你們就會曉得了。」

說完就帶著劉晨和阮肇，一起來到她們的家裡，吩咐侍女去準備飯菜。過了不久，他們中午吃

的那種胡麻飯就上桌了，隨後侍女又端來香噴噴的山羊肉和酒。那兩個少女一邊勸他們吃飯喝酒，一邊又為他們吹奏好聽的笙簫，後來更隨著音樂跳起舞來。

　　劉晨和阮肇彷彿身在夢中，雖然還是感到非常奇怪，但畢竟這裡總比深山裡好，又不愁吃，又不愁穿，還有這些美麗的少女陪伴，也就暫時拋開了下山回家的想法，住了下來。

　　日子一天一天過去，那兩個少女每天陪著他們，除了唱歌跳舞外，有時還陪他們到山裡摘花、找藥草……

　　過了半年以後，劉晨和阮肇忽然想念自己的家鄉，想要離開這裡，又不敢跟那二位少女說；心裡悶著，坐也不是站也不是，脾氣也就慢慢變壞了，

山中度過二百年

整天喝酒，話也不說。

那兩個少女看到他們這種情形，好像也知道什麼原因，有一天就跟他們說：

「你們兩個是不是很想家啊？當初我們帶你們來，是因為你們在人世間有罪未除，現在你們的罪障已經去除了，既然不想再待下去，就讓你們回家去吧！」於是便很詳細地把回家的路指引給他們。

劉晨和阮肇一聽可以回去，高興得不得了，趕緊帶了半年來摘到的藥草，按照少女指示的路下山，他們不知走了多久，才回到自己住的村子。

但一切好像都改變了！他們看不到一個熟悉的臉孔，連村子的樣子也改觀了，好像又蓋了很多新房子，剩下一些舊有的房子則破落了很多。他們兩個非常驚訝，就攔了一個年紀很大的路人，打聽之

下，才知道他們這一去，竟已過了人世的七代（約二百一十年）之久。

劉晨和阮肇都非常吃驚。兩人張口結舌地看了好久，才說：

「這是不可能的！最多最多，我們也不過在山裡留了半年而已。」

「村子怎會變成這個樣子呢？真不可想像！我們乾脆再到山裡一趟，去找那些少女問問看吧！」

兩人商議了一會兒，立刻又轉頭走回天臺山，可是不管他們怎樣按著原來的路，怎樣沿著那條溪走，就是找不到那兩位美麗少女的家。

到了晉武帝太康八年（西元二八七年），就連劉晨和阮肇的行蹤，也都沒有人知道了。

—— 改寫自《幽明錄》、《神仙記》

會念經
的魚

　　很久以前，在中國大陸上的某個地方，有個叫李進京的魚販，每天一早就到江邊去抓魚，載了一整船，到各地去賣。

　　由於他的技術很好，抓的魚又肥又大，非常受到大家歡迎，因此有時候也賣到很遠的金陵（現在的南京）去。

　　有一次，他又乘船去金陵賣魚。船走到半路，已經是晚上了，他就把船泊靠在江邊，一個人上岸，在沙灘上散步。那時剛好是農曆十六的晚上，月亮高掛天空，風平浪靜，四周都是十分溫煦的景色，李進京心情也隨著輕鬆起來，邊走邊哼著歌。

沒想到忽然傳來很多人念經的聲音，他覺得非常奇怪，就站在岸上，仔細傾聽，那念經的聲音竟是從自己船上傳來的，一聲接一聲，似乎在祈禱著什麼。

　　李進京立刻跑回船艙裡查看，連個人影也沒有，只見那些他抓來的魚，把頭朝著西方，扇著雙鰭張口喘氣，像極了念經的模樣。

　　李進京看了，彷彿被刺了一下，他低著頭默想：「是不是我錯了呢？剛剛聽到的念經聲音，真像是從這些魚口中發出的呢？魚也是有生命的，放了牠們吧！」

　　於是他便將船裡的魚都放到江裡，回去後立刻改行，到山裡砍柴來賣。

　　沒想到第一次載著木柴到金陵賣，在半路上就

碰上了大風大浪。李進京的船上載滿了木柴，波浪一湧進來，船很快就沉了，他被巨浪捲進了水裡，心想這下完了，自己必然會死在江裡，被魚吃掉的。

誰知等他心情定下來時，自己的身子竟一直隨著波浪浮在水面，也不知是什麼力量支持著他。這時剛好漂來了一根竹頭，他趕緊死命地抓住竹頭，總算保住了一條命。

過了不久，風浪平靜了，李進京喘了一口氣，看看四周——哇！竟有幾百尾魚跟著他游，有些在他前面，有些在他左右，更多是在他的身子底下，他這才恍然大悟：「哦，原來是以前放生的魚啊，多虧牠們還能記得我！」

　　這時他已被那些魚送到一個沙洲上了，看到他上了沙洲，那魚群才又慢慢游走。

　　李進京上了沙洲以後，一顆興奮的心立刻又沉了下來。原來魚載他來的沙洲是在江水當中，他雖上了陸地，還是無法回家。

　　可憐的李進京一點辦法也沒有，他來回踱著步，從白天到晚上，又餓又冷又焦急，最後只好坐在沙洲上，望著茫茫的夜色，茫茫的江水，很難過地哭了。

會念經的魚

「我雖然萬幸被你們這些魚兒，好心送來這裡，沒被淹死。可是魚兒啊！你們送我來這裡，卻會把我餓死的。」

他邊哭邊說，忽然就看到一個穿著白色衣裳的男人，從水裡浮起來，安慰他說：「你不要擔心了，那些魚兒會再把你送回去的。」說完就不見了。

等到第二天早上，果然來了好幾百尾魚，還拉來一條船，也有槳，也有帆，所有用具都很齊全。李進京又驚又喜，趕緊坐上船，離開沙洲，航向自己的家鄉，竟忘了跟那些魚兒說聲謝謝！

—— 改寫自《搜神記》

怪鳥與
礁石

　　在中國春秋戰國時代的楚國，有個名射手李楚賓，個性很剛直，膽子也很大，平常又喜歡四處去打獵。他的射箭技術很高明，每次出外一趟，都能獵得很好的成績。

　　當時在李楚賓家裡的附近，有個孝子叫董元範，他的母親患了一種怪病，白天好端端的，可是一到了晚上，背部總好像有人用很銳利的刀子戳著似的，痛得他母親大聲哀叫，睡不著覺。元範心裡又著急又難過，每天帶著母親到各地看病，吃了很多草藥，又請醫生來針灸，用盡各種法子，還是一點效果都沒有。

就這樣子，儘管元範憂心如焚，他母親還是每天晚上痛哭著，在痛苦中熬了一年。

有一天，村子裡來了一個雲遊天下的道士朱邱，借住在元範家裡。

第二天早上，道士醒來，很訝異地問元範說：

「奇怪啊！昨天一整個晚上，為什麼都聽到有個老太婆的哭聲呢？是不是……」

元範聽他這麼一問，馬上臉就紅了，很不好意思地說：

「哦，實在是因為家母這一年來患了怪病，每天晚上都感到背部好像被刺到一樣的痛，所以才那樣哀嚎——我以前帶她到各地找遍了有名的醫生，讓她吃了很多藥，也試過各種醫法，卻一直不能醫好——昨晚一定吵到您了，請您別生氣！」

怪鳥與礁石

　　道士倒也不是責怪元範，聽了他的話以後，若有所悟地說：「你母親可能是遭了什麼邪氣，我幫你占個卦吧，看看是不是有什麼辦法？」說著就拿出了易卦占卜，點了點頭，又向元範說：

　　「這下子真巧！今天會有個名射手經過這裡，他的手裡拿著弓箭，長得很威武，你現在就去路旁

等著，只要他一出現，你便趕緊上前去拜託他幫忙。你只需要請他到你家裡住個晚上，你母親的病很快就會好的。」道士說完，向他告辭走了。

元範聽說母親的病可以治好，高興得不得了，立刻就趕到村口的路上等著，他眼裡閃著希望的光芒，也不覺得疲倦。一直等到中午，果然看到遠遠走來一個手上拿著弓箭的人——他就是李楚賓，元範很欣喜地趕緊走向前，向他打了個揖，說：

「這位壯士，請原諒我冒昧，今天無論如何，請您到我家住一晚好嗎？」

李楚賓聽了感到莫名其妙，想了很久，看了看元範說：

「到現在我連隻小鳥都沒打到，已經夠窩囊了……再說，現在太陽都還高高在上，我想，應該

怪鳥與礁石

沒有必要借宿到您家裡去吧！」

元範趕緊又抱了個拳，解釋說：

「不不，請您聽我說完，我的意思是……」便一五一十，將母親患的怪病，以及今天一早道士指點的話複述了一遍，接著懇求楚賓：

「就因為這樣，無論您是不是聽得懂，都希望您能委屈一下，到舍下住一個晚上，治治家母的病好嗎？」

楚賓聽元範把前後原委講完後，心頭軟了下來，而且也感覺到元範母親患的怪病，一定有蹊蹺，倒想去看個究竟，終於答應了元範的請求。

元範想到母親的病就快醫好了，心裡非常興奮，便帶著楚賓回家，用最豐盛的酒菜請他，把他當成貴客招待。

好不容易天色才漸漸暗下來，元範迫不及待地安置好了楚賓睡覺的房間，也不敢多打擾，就懷著急切的心情回自己的房裡去了。

　　這天晚上，月明星稀，天上透著一層微薄的光亮，楚賓在房裡睡不著覺，就踏出了房門，想到庭院裡散散步。

　　誰知他剛走進庭院，忽然聽到一陣鳥類拍翅膀的聲音。楚賓很機警，立刻躲到牆角，睜大了眼睛，注意四周動靜；過了一下子，就看到很遠的天邊飛來一隻很大的鳥，慢慢向著元範家的屋頂落下來。

　　那隻大鳥看來很熟悉元範家裡的環境，在房子四周繞了一圈以後，便落在元範母親的臥房屋脊上，隨即就用嘴喙一上一下地啄著……

怪鳥與礁石

接著屋子裡傳出來一聲又一聲的哀嚎、哭叫，淒厲得令人起雞皮疙瘩。

鳥啄得輕，屋裡的人也哭得輕；鳥啄得越重，那哀叫也就越淒厲……

「原來元範母親的怪病，都是這隻大鳥搞的鬼──哼！今天碰上我，看牠哪裡逃？」

楚賓立刻就跑回房中，拿出了他的弓箭，回到原地，瞄準那隻站在屋脊上的大鳥，連射了幾箭，只聽「咻！咻！」地好幾聲，那隻怪鳥搖晃了幾下，就從屋頂上掉下來。

楚賓射下怪鳥的同時，屋裡的哀叫也停了，四周回復寂靜，月光看來也更加明亮──他前後踱了幾步，感到非常疲倦，就回到房裡去休息了。

第二天一大早，整夜沒有睡好的元範，睡眼惺

恓地跑來找楚賓，楚賓告訴他說：

「您母親的怪病，原來是有一隻怪鳥作祟，昨天晚上……已經被我射死了。」

「怪不得昨天晚上，我一聽到家母哀嚎，立刻趕到她房間裡，結果她已平靜了下來，問她背部痛不痛，也說好了……」

元範很高興地說著，然而又半信半疑：

「實在很感謝壯士您——只是，哪來的怪鳥？我母親的病，真的和什麼怪鳥有關嗎？」

楚賓便將夜裡發生的事原原本本說一遍，接著

說：

「不信，我們不妨到庭院裡看看！」

立刻就帶著元範趕到庭院中找那隻怪鳥，然而他找了很久，不要說怪鳥，連楚賓射出的箭也沒有下落。

「怎麼會呢？昨晚明明射中了那隻怪鳥，明明看著牠掉下來的……」

楚賓邊說著邊找，最後總算在庭院左前方的角落裡看到一塊礁石。那塊礁石上，真不得了，插著楚賓昨晚射出的好幾根箭——礁石上的箭孔流淌著

一灘還沒乾掉的血水。

兩人當下大吃一驚，互相看了一眼，元範這才相信：

「原來，母親的病真是怪鳥作祟，而楚賓所說的怪鳥，原來是這塊礁石變成的啊！」

元範立刻找來了一些乾柴，點火把那塊礁石燒成了灰，他母親被纏了一年多的怪病也就霍然而癒了。

楚賓陪元範處理掉那塊礁石後，就向他告辭了。元範留不住楚賓，只好拿出一束珍貴的絹布，要送給楚賓做謝禮，可是楚賓並沒有接受，說了聲「再見！」就走了。

—— 改寫自《搜神記》

怪鳥與礁石

石龜的
眼睛

　　在中國魏晉南北朝「北齊」時代（西元五五
○～五七○年），和州（今安徽省）歷陽縣這個地
方，有個書生和一位年紀老邁的婦人常有來往。老
婦人膝下沒有孩子，把書生當成親生的兒子一樣看
待，非常疼愛他；書生也視這個老婦人如自己的媽
媽，十分孝順。

　　有一天，書生倉倉皇皇地跑來找老婦人：「阿
婆阿婆，不得了啦，不得了啦！」

　　「什麼事呵？孩子，這麼驚驚慌慌的？」老婦
人很慈祥地問著書生。

　　「阿婆，我們這個縣的城門那兒，不是有隻石

頭做的烏龜嗎？」書生問道。

「有啊！你為那隻烏龜擔什麼心哪？」老婦人詫異地問書生。

這時書生很嚴肅、很正經地說：

「阿婆，您可得小心哦，如果那隻石龜的眼睛流了血，您能要趕快離開這個縣，否則會有危險的。」

老婦人一聽，嚇了一跳，趕緊又問：「孩子，你講這話什麼意思？我住得好好的，為什麼要離開？再說，石龜的眼睛流血，又干我什麼事？」

「阿婆，不是我騙您——因為……總之一句話，石龜的眼睛只要一流血，我們整個歷陽縣就會陷落，變成一個大湖，如果您還要命的話，就得趕快逃走！」書生說到這兒便走了。

石龜的眼睛

　　老婦人實在是不敢相信書生的話，但又覺得書生講得的不像在騙她；因此每天一大早，就抱著半信半疑的心情到縣城門口，仔細瞧著那隻烏龜的眼睛，自言自語一番：「哪有流血啊？好得很呢！」然後才回家去。

　　她這樣一連去了好幾天，守城的衛兵覺得很奇怪，有一天就把老婦人留了下來，問她：

　　「老阿婆啊，妳真有耐性啊！妳每天一早就這樣對著石龜發呆，過了很久才回去，還喃喃自語，到底是為什麼呀？」

　　「因為──我聽說，這隻石龜的眼睛要是流血的話，歷陽縣就會下陷，變成大湖。所以我每天都來看石龜的眼睛有沒有流血，才好逃命啊！」

　　老婦人說完後，自顧自走了，衛兵不禁哈哈大

笑說：「石龜的眼睛會流血？這太可笑了！還說什麼歷陽縣會下陷成為大湖？真是滑稽透頂，哈哈哈！」

等老婦人走遠了，衛兵才停止了他那討厭的笑聲，忽然想到：「嗯，開她個玩笑吧！那位老太婆既然那麼相信別人的胡說，我就給她一個驚奇吧！」

打定主意後，那個衛兵立刻找來紅丹砂，對著石龜的眼睛一抹——看起來，石龜的眼睛倒真像在流著血呢！

第二天，老婦人又照往例一晃一晃地來到縣城門口，一樣走到石龜前，這一看——

「啊！不得了啦，石龜的眼睛流血了！要趕快逃離這個縣城啊！」

石龜的眼睛

老婦人一邊叫著，一邊頭也不回地跑向北面的山上。

　　衛兵看著老婦人驚慌失措、邊叫邊跑的樣子，笑得不可開支：「哈哈，那老太婆中計了，看她急成那個樣子，可真好玩！」

　　誰知話還沒講完，笑聲還留在耳邊，忽然間——轟隆一聲，不知從哪裡傳來，像是天崩地裂一般地，一連打了好幾次響雷，城門搖動了，地面裂了，樹木傾倒了……整個歷陽縣在轉瞬間往下陷落，河水上漲，溪水奔騰，一下子就把歷陽縣淹成了一片汪洋。那捉弄老婦人的衛兵，也不幸罹難了。

　　　　　　　　　　—— 改寫自《述異記》

延伸閱讀

延伸閱讀①

◎**酉陽雜俎**：唐朝段成式所寫的筆記小說，共三十卷。內容包羅萬象，有記述朝野軼事、各地異聞、特殊民俗、珍奇的動植物，以及鬼神妖異故事等。

◎**太平廣記**：宋朝太平興國年間由李昉、扈蒙、李穆、徐鉉、趙鄰幾、王克貞、宋白、呂文仲等12人奉宋太宗之命編纂，專收野史以及小說雜著，其中神怪故事所佔的比例最高。

◎**中華古今注**：五代後唐馬縞的著作，記載古代各種不同服飾制度、音樂類型，還記錄下各種鳥獸、魚蟲、龜鱉等。

◎**述異記**：內容所記多是鬼怪奇異之事，有不同內容的版本。有南朝齊國的祖沖之撰，收錄於《隋書·經籍志》，今已亡佚。另有南朝梁代文學家任昉編撰，

內容中參雜任昉死後之事，應該是唐、宋年間所增補的內容。還有清代東軒主人撰，仿任昉《述異記》，記錄清朝順治末年至康熙初年怪異之事。

◎**幽怪錄**：又稱《玄怪錄》，唐代牛僧孺所著，記敘南朝梁至唐大和年間神奇鬼怪之事。是唐代小說的代表作之一。

◎**搜神記**：由晉代干寶搜集撰寫而成的。共分三十卷，主要搜集民間各種關於鬼怪、奇跡、神異以及神仙方士的傳說，每個故事的敘述非常簡短，對後世的傳奇小說發展影響很大。

◎**幽明錄**：亦作《幽冥錄》、《幽冥記》，南朝宋劉義慶所撰志怪小說集，書中所記鬼神靈怪之事，變幻無常，人物變化之事，原書已經散失。

◎**神仙記**：唐朝張氳所撰寫，今已散失，可在其他典籍中看到本書的部分引用。

延伸閱讀②

想像力是神話故事的魔法使

朱錫林

　　在傳統的農業生活中，中國的神話故事是在傍晚的大樹下講古，或者星夜庭院中的口述，乃至於媽媽在床前說給孩子聽，都是古老傳說和想像力發揮的泉源。物質及精神生活的缺乏，常使許多大人及小孩，以想像力去圓一個夢，那就是神話故事的由來。小時候許多貧困家庭的小孩常想像有一位仙女，煮一桌豐盛的飯菜給我們吃，於是在班上說話課時，講了一個美麗的故事，讓大家又羨慕又嫉妒，不管有沒有吃到飯菜，心裡已有相當的滿足。

　　「如夢似真的神話故事，有情有義的人間傳說；擬人化的動物和植物，報恩報仇的親情和愛情。」

這是幾年前為神話故事寫的幾句話，在《中國神話故事》❶和

❷這兩本書中卻一一實現，〈魚骨頭賜福〉、〈蛟龍〉、〈大烏龜和老桑樹〉、〈怪豬將軍〉寫的都是動物和植物的故事，〈馬頭娘〉是人和動物的關係，也夾雜著淒美的愛情，至於〈海螺中的美女〉雖然照顧了單身漢，並沒有答應嫁給他，這是中國神話殘缺美的表現，就好像大家耳熟能詳的牛郎織女的故事，也是以分隔兩地和思念，讓人們可以發揮無窮的想像力。

　　如果以中國的神話故事和日本的桃太郎，和西洋的安徒生童話相比，有一個共同點，那就是想像力

創作出來的魔法使，兒童文家常説：「可圈可點的胡説八道，入情入理的荒誕無稽。」應該是共同的註解。但也有不同的地方，一個是我們熟悉的生活方式和風俗習慣，一個是我們所不熟習，必須慢慢去接受的文化背景；所以中國的神話故事，也讓我們了解了過去老祖宗的生活。

一、想像力在神話故事的內涵，以趣味、超自然、非真實的，大人能接受，小孩更喜歡，作為它的題材。充滿愛心與關心，純真與善良。

（一）擬人化使所有東西，都有生命，人不再是主體了。〈神木末日〉以樹為主體，〈會念經的魚〉寫的是魚報恩的故事，〈怪鳥與礁石〉和台灣鶯歌石傳説都是以鳥為主角。

（二）打破時空觀念，過去和現在的人物一起出現，像〈鬼酒鬼肉〉、〈深井〉、〈擅闖桃林惹了

禍〉，都是過去和現在，陰陽界人物一起出現。

　　（三）超過目前的科技和知識，有無限想像的空間，〈觀了幾百年棋〉童子給了一個神妙的仙丹，肚子就不餓了，是不是有點像太空人吃的食物呢？有人說高科技的外星人，如果有了時空轉換器，超快的飛行速度，神祕的醫藥和武器，以及精製的太空食物，和傳說中神仙是不是很像呢？

　　（四）誇張的人物或觀念，〈雷祖的誕生〉、〈替雷公值勤〉、〈會飛的毛衣〉都用誇張的手法，寫出人類會飛翔的故事，這樣的想想力，是不是有一天會實現呢？

　　神話故事的題材，由生活中的想像力延伸而來，而有了神明的傳說，流傳後代，或者

因為生活的困難，以及感情的困擾，而發揮了想像力，也有的因為遊歷各地，而產生了想像力，美麗的風景也給人們許多可以發揮的空間。

二、神話故事的主題意識，傳統的固有美德，如孝順、忠心、誠實、報恩或者惡人有惡報，都是想像力為了滿足有時我們難以突破的現況而產生的。

（一）願天下有情人皆成眷屬，愛情與親情的描述。

（二）實現人們的願望，找到喜歡的東西或親人。

（三）生活在愛與真之中，雖然也有一些人性的醜陋面，但是最後要表達的，還是愛與

真。

三、想像力使神話故事的結構與情節有多樣性：

（一）醜小鴨式——歷經種種磨難，最後長成天鵝，〈魚骨頭賜福〉就是這樣的故事。

（二）對比模式——善與惡，窮與富，好人或壞人，〈大戰十八姨〉以及〈替人添歲的星星〉，都出現相當對比的想像力。

（三）老三模式——常受欺侮，最後得以翻身。

（四）考驗奇遇，離家或回家模式——〈囊中鳥〉敘述悲歡離合的故事。

（五）時空壓縮模式——在仙境一日等於人間一年，像〈山中度過二百年〉、〈觀了幾百年棋〉，都是這樣的模式，用想像力提醒人們要愛惜光陰。

四、神話故事與詩——每一首詩歌都有可能改寫成神話故事。

（一）都有無限的想像空間，超越時空的創造力。

（二）同樣有誇大的情節，比喻的方法，聯想力。

（三）具有童心童趣與愛心，常用擬人化的表現方法。

（四）加點油，加點醋，想像力使神話故事變更有趣。

（五）加些感人的故事和情節，使神話故事更能貼近我們的感情和生活。

五、神話故事如何以想像力貫穿我們的學習。

（一）神話故事可以改編成兒童劇演出，使想像力更發揮。

（二）用想像力去思考簡單的神話故事，在說話課或說故事時嘗試練習。

原住民的祖先，因為對神明不敬，受到了大洪水的懲罰，幾乎滅族了，幸虧百步蛇救了一對兄妹到高山上，因此原住民的圖騰，常有百步蛇的印記，卻也留下了原住民祖先是由一對兄妹繁衍而來，這樣的神話故事，到底符合傳說還是想像力過度表現了兄妹情，都是值得思考的。

　　住在新店龜山台電訓練所旁的一位小男孩，因為愛花，天天到台電訓練所

圍牆邊看花，有一天，台電訓練所的所長，送給他一盆小桂花，晚上居然夢到一位小女孩來找他玩，也不嫌他家窮，也不嫌他長得不好看，和他一起玩得很高興；臨走還告訴這位小朋友：「以後如果想桂花姐姐，只要朝桂花吹三口氣，晚上睡覺時，我就會來陪你玩。」這位寂寞的男孩，偶爾也有了玩伴。一直到他小學畢業，因為到板橋讀國

中，住在親戚家裏，也把小桂花帶去板橋，放在陽台上，可是葉子卻慢慢枯萎了，小男孩很難過，晚上睡覺時，又夢到桂花姐姐來找他，告訴他：「我現在生活得不好，你要想辦法把我送回鄉下。」

於是小男孩把桂花送回南投中寮，自己的故鄉，由祖母照顧小桂花，小桂花一天一天的長大，散發出迷人的香氣，連祖母都很喜歡，爸爸也因為工作的關係，從新店、板橋，最後又回到中寮，祖母、父親和回到鄉下的小男孩有了桂花的陪伴，生活得更快樂。

又過了幾年，小男孩已經高中畢業了；有一天晚上睡覺，忽然聞到滿室的芳香，接著出現了一位美麗的少女，長大的小男孩看得目瞪口呆。「怎麼？不認識我了，我是桂花姐姐呀！今天要帶你去一個很漂亮的地方玩，請你跟我來吧！」於是在桂花

姐姐的指引下，看到了一幅美麗的風景，有天然大石壁，日出，還有兩旁桂花樹的香氣，使得大男孩陶醉不已，桂花姐姐留給他一張地址，還有兩句話「人生處處有芬芳，常常思念桂花香。」於是大男孩帶著爸爸和祖母，在那裏開了一個農場，還娶了一位美麗的姑娘，長得很像桂花姐姐。

想像力誇越了時空、上天、下地，超越了人神人鬼的界限。有一則廣告說：「生活有時像詩，有時像散文」，也許有時更像神話，當我們一覺醒來，也許出現了許多的新奇，也許已變得一無所有，夢境和現實生活其實相差不多。

「那些燦爛的想像，彷彿

古老的星星，一顆顆，鑿穿了夜空。」這首詩歌是多年前主編台北縣兒童文學，和白靈先生一起思考為神話所下的註解，就讓它作為結語吧！

版權所有
翻印必究

中國神話故事❶

著　　者：向　陽
繪　　者：蔡嘉驊
責任編輯：鍾欣純
發 行 所：九歌出版社有限公司
社　　址：臺北市八德路三段12巷57弄40號
電　　話：02-2577-6564・02-2570-7716
傳　　真：02-2578-9205
郵政劃撥：0112295-1
九歌文學網：www.chiuko.com.tw
印 刷 所：晨捷印製股份有限公司
法律顧問：龍躍天律師・蕭雄淋律師・董安丹律師
初　　版：1983（民國72）年8月10日
重排新版：2010（民國99）年6月10日

定價：200元

國家圖書館出版品預行編目資料

蛟龍、怪鳥和會念經的魚：中國神話故事❶
／向　陽 著，蔡嘉驊圖
　-- 重排新版. - 臺北市：九歌，
民國99.06
　面；　公分.--（九歌故事館；9）
　ISBN：978-957-444-694-0（平裝）

859.6　　　　　　　　　　99008029

ISBN：978-957-444-694-0　　Printed in Taiwan
書號：AD009
（缺頁、破損或裝訂錯誤，請寄回本公司更換）